그녀 이야기

글·그림 남지현

예술대학 회화과를 졸업하고 개인전과 2인전을 비롯해 단체전 200여 회의 활동과 더불어 다수의 미술전에서 수상했다. 10여 년간 갤러리 대표로 일하며 젊은 작가들 발굴에 힘썼고, 대학의 강단에서 학생들을 가르치기도 했다. 2017년 직접 쓴 글과 색연필로 작업한 그림들을 모아 어른을 위한 동화책『그녀 이야기』를 펴냈다. 그녀는 작고한 아동 문학가 남대우 님의 손녀이며, 사업가이자 수필가로 활동하고 있는 남기욱 님의 딸이다.

She's story

그녀 이야기

초판 1쇄 인쇄일 2017년 6월 2일
초판 1쇄 발행일 2017년 6월 9일

글·그림 남지현
펴낸이 양옥매
디자인 이수지
교 정 조준경

펴낸곳 도서출판 책과나무
출판등록 제2012-000376
주소 서울특별시 마포구 방울내로 79 이노빌딩 302호
대표전화 02.372.1537 **팩스** 02.372.1538
이메일 booknamu2007@naver.com
홈페이지 www.booknamu.com
ISBN 979-11-5776-434-1(03810)

이 도서의 국립중앙도서관 출판시도서목록(CIP)은 서지정보유통지원 시스템 홈페이지(http://seoji.nl.go.kr)와 국가자료공동목록시스템(http://www.nl.go.kr/kolisnet)에서 이용하실 수 있습니다.
(CIP제어번호 : CIP2017012525)

She's story

그녀 이야기

글·그림 **남지현**

책과나무

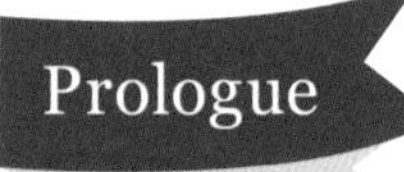

나의 파랑새를 찾아 헤매던 시간들은 내게 참으로 길고 길었다. 내 안 깊숙이 숨어 있던 그것을 찾아내어 날개를 달아 주기까지, 나는 부끄럽고 초라한 내 자신과 수없이 마주해야 했다.

나의 파랑새는 그동안 나를 행복하게도 했고 절망하게도 했으며, 나를 무기력하게도 만들고 나를 희망차게도 만들었다. 넘치는 용기를 갖게 해 주었으며 바닥까지 떨어지는 고통 또한 맛보게 해 주었다.

그렇게 기나긴 시행착오를 거쳐 비로소 나의 서툰 여정이 끝났다. 『그녀 이야기』는 나를 비롯한 이 세상 모든 그녀들의 이야기이다. 그녀들의 감정, 그녀들의 일상, 그녀들의 사랑, 그녀들이 꿈꾸는 것들, 그녀들의 기쁨과 슬픔…. 이 세상을 살아가는 여자로서의 삶에 대한 희로애락을 다양하게 그려 내고 싶었다.

나의 그녀들이 내게 주었던 깊은 영감과 다양한 감정들은 꺼져 가던 나의 열정에 큰 불씨가 되어 주었고, 이 작은 이야기들이 그녀들에게도 조금이나마 스스로를 되돌아보는 시간과 따뜻한 위안이 되길 바란다.

부족하지만 글을 쓰고 그림을 그리며 많이 행복했고, 내 자신에게 집중할 수 있는 소중한 시간들이었다. 내 삶에서 가장 즐겁고 신나는 시간이었으며 동시에 가장 많은 고민과 생각에 빠진 시간이기도 했다. 아마도 먼 훗날, 서툴지만 소중했던 이 시간들이 무척 그리워질 것 같다.

오랜 시간 동안 묵묵히 나를 응원해 준 가족들과 한결같이 넘치는 사랑과 관심으로 내게 많은 행복과 용기와 추억들을 선물해 주신 나의 사랑하는 아빠, 엄마께 이 책을 바친다.

2017년, 남지현

Contents

Part 1. Love

Part 2. Like a dream

Part 3. She's story

Part 1

Love

01

부엉이네 집

그녀는 부엉이네 집에 놀러 가기를 좋아합니다.

지혜롭고 현명한 그는 조용한 숲 속
오백 년이 넘은 높은 나무 집에 살고 있답니다.

그를 만나기 위해서는 항상 아슬아슬한
나무 꼭대기까지 오르는 수고스러움을 각오해야 하지만
그녀는 그것을 마다하지 않습니다.

특히 부엉이네 응접실은
단단하고 부드러운 나뭇가지들과
살랑살랑 향기 좋은 잎사귀들이 풍성해서
그녀가 제일 좋아하는 곳이지요.

그를 찾아와 주는 그녀의 마음을 잘 아는 부엉이는
깊은 눈으로, 고요한 마음으로,
열려 있는 귀로, 상냥한 날갯짓으로
늘 그녀를 기쁘게 맞이해 줍니다.

그곳엔 항상 변함없는 부엉이가 있습니다.

그리고 그곳을 언제나 한결같이 찾아가는 그녀가 있습니다.

1 늘 편안하게 가고 싶어지는 곳에 보고 싶은 이가 있다는 것…
늘 머무는 장소에 한결같이 누군가가 찾아와 준다는 것…
그녀가 더 행복한 것일까? 부엉이가 더 행복한 것일까?

02

그들, 사랑에 빠지다

그녀와 늑대가 이제 막 사랑에 빠졌습니다.

서로가 세상의 전부가 된 그녀와 늑대는
아무것도 보지 못하고 아무 소리도 들을 수 없으며
아무 생각도 하지 못합니다.

그저 서로만 바라보고 서로만 속삭이고
서로만 생각할 뿐입니다.

모든 세상이 핑크빛으로 빛나고
아름답고 애틋한 감정들이 넘치고 넘쳐
행복함에 하늘을 나는 것 같습니다.

둘은 하염없이 서로를 바라보며
가슴 벅찬 희열을 느낍니다.

이제 막 사랑에 빠졌으니까요.

2 진정한 사랑에 대해 말도 많고 탈도 많은 세상….
그녀와 늑대가 시작하는 저 불같은 사랑이 핑크색이 아닌 회색이
되어 버려도 오랜 시간이 흘러 더 깊이 있고 더 빛날 수 있기를 바란다.

03

그 사람도 내 생각을 할까?

그녀는 문득 고개를 들었습니다.

한적한 자작나무 숲은 고요한 정적이 감돌았지만
불어온 바람 속 향기 한 조각 때문에
그녀는 읽던 책을 더 이상 볼 수가 없습니다.

눈을 들어 시린 하늘을 바라보자
그 향기의 기억들이 더욱더 선명하게 되살아납니다.

이내 그녀의 눈동자엔 아련함이 깃들고
입가엔 희미하게 서글픈 미소가 번집니다.

지나가 버린 시간 속
오래된 그녀의 기억 속
그 사람….

한참 동안 하늘을 응시하던 그녀가 담담하게 말했습니다.

"그 사람도 가끔은 내 생각을 할까?"

---

3 내가 좋아했던 사람, 나를 사랑해 주었던 사람,
내게 소중했던 사람, 내가 몹시도 아꼈던 사람.
그러나 나를 스쳐 지나가 버린 사람들….
하지만 그들은 결코 사라지지 않은 채 여전히 내 기억 속에서 살고 있다.
종종 내가 그 사람들을 추억하듯이 그 사람들도 가끔은 내 생각을 할까?
정열적이고 치열했던 이십대를 살아왔음에 때로는 추억으로 마흔 즈음을 살아가는
이 세상 모든 그녀들을 위하여….

04

나는 당신이 좋아요

그녀는 기린이 참 좋습니다.

조그만 그녀가 키가 큰 기린과 대화를 나누려면
고개를 들어 있는 힘껏 큰 목소리를 내야 하고
함께 산책을 할 때에도 늘 종종걸음으로
기린을 쫓아가느라 바쁘고
헤어질 때 따뜻한 포옹조차 나눌 수 없어 아쉽지만

그래도 그래도 그녀는 기린이 참 좋습니다.

어느 날 기린이 그녀에게 물었습니다.

"당신은 내가 왜 좋은가요?"

그녀가 함박 웃으며 말했습니다.

"좋아하는데 이유가 필요한가요?
나는 그냥 당신이 참 좋아요."

4 진심으로 좋아하는 데에는 이유가 없다.
하지만 세상은 좋아하는 것에 '왜?'라는 의문과 오만 가지 이유와 납득할 만한 설명을 요구하곤 한다. 좋은 것은 말 그대로 그냥 좋은 것이다.

05

늑대와 그녀의 일요일

오늘은 일요일.

늑대는 오늘 하루 종일 집에서 소파와 한 몸이 되어

뒹굴거리며 쉴 생각입니다.

하지만 아침부터 잔뜩 치장을 하고 외출 준비를 마친

여왕님 때문에 그럴 수가 없었지요.

소파에 누워 버틸 대로 버티던 늑대는

결국 여왕님의 어마어마한 잔소리를 들은 후에야

그녀와 함께 집을 나섰습니다.

여왕님은 그녀가 좋아하는

예쁜 카페에서 브런치를 먹고

재미있는 로맨틱 코미디 영화를 본 후

사람들로 넘쳐나는 쇼핑센터를 스무 바퀴도 더 돌아본 다음

한 시간 동안 줄을 서야 먹을 수 있는 맛집에서

저녁까지 먹은 뒤 집으로 향했습니다.

늑대는 너무 피곤해서 눈꺼풀이 자꾸만 자꾸만 내려옵니다.

집에 있는 푹신한 소파와 시원한 맥주 생각만 간절했지요.

사실은 하루 종일 그 생각만 하고 있었답니다.

그래서 다음 주 휴일에는 종일 꼭 소파와 한 몸이 되겠다고 다짐했습니다.

그러나 사랑하는 늑대와 즐거운 일요일을 보낸

여왕님이 행복하게 외쳤습니다.

"우리 다음 주에는 어디에 가 볼까?"

---

5 남자와 여자는 휴일을 즐기는 방법이 전혀 다르다.
하지만 그것이 같아서 좋은 것도, 다르다고 해서 나쁜 것도 아니다.
배려심 있는 조율이 중요하다는 것만 서로 잊지 않으면 된다.

06

요리하는 그녀

그녀는 요리하는 것이 세상에서 제일 행복하다고 말했습니다.

그녀는 특별하지 않은 재료로 누구도 흉내 내지 못할
맛있는 음식을 만들어 내는 재주를 가지고 있답니다.

사람들은 누구나 그녀가 만들어 주는
따뜻하고 맛있는 음식들을 먹으며 늘 행복해했습니다.

어느 날 그녀를 부러워하던 누군가가 물었습니다.

"이렇게 맛있는 요리를 만들어 내는
엄청난 비법이 도대체 무엇인가요?"

그러자 한 치의 망설임도 없이 그녀가 대답했습니다.

"저는 저의 사랑을 모든 요리에 듬뿍듬뿍 넣어 준답니다."

6 음식에는 만든 사람의 마음과 정성이 고스란히 묻어난다.
- 모든 요리에 사랑이란 조미료를 아낌없이 넣어 주는 나의 막냇동생 꼬밍이에게 -

07

그녀는 그를 사랑합니다

그녀는 이웃나라 왕자님을 사랑합니다.

그의 하얀 얼굴과 그의 다정한 목소리와
그의 친절한 몸짓과 그의 긴 손가락과
그가 가진 온화하고 깊은 마음까지
그의 전부를 사랑하고 있습니다.

하지만 슬프게도 그는 그녀의 사랑을 전혀 알지 못합니다.

그녀는 홀로 그런 그를 사랑합니다.

다정하게 그녀를 바라봐 주지 않아도
그녀에게 손을 내밀어 주지 않아도
그녀의 이야기를 들어 주지 않아도
그녀의 머리카락을 쓰다듬어 주지 않아도

그녀는 진심을 다해 그를 사랑합니다.
그녀는 늘 멀리서 그가 머무는 곳을 바라봅니다.

행여 그의 작은 흔적이라도 볼 수 있지 않을까…
바람결에 그의 온기라도 묻어오지 않을까…
그가 무심코 나를 보아 주지 않을까…

그저 바라볼 수밖에 없어서 아무것도 해 줄 수 없어서
마음은 터질 듯 시리도록 아프지만
그녀는 그저 그를 사랑할 수 있음이 행복할 뿐입니다.

7 짝사랑은 행복하고 설레지만 아주 많이 서글프고 아프다.
이 아이러니한 감정은 시작은 있으나 결코 끝이 없다.

08

초코볼 케이크

귀엽고 작은 어린 에밀리는
아까부터 테이블 위를 몇 번씩이나 올려다봅니다.

오늘 그녀의 여섯 번째 생일을 위해
엄마가 만들어 놓은 멋진 초코볼 케이크를
자꾸만 자꾸만 보고 싶기 때문입니다.

그녀가 좋아하는 달콤하고 진한 초콜릿 케이크!
그것도 그녀가 세상에서 제일 좋아하는
마카다미아 초코볼들이 가득 장식된 근사한 케이크에
에밀리는 도무지 눈을 뗄 수가 없습니다.

이제 곧 그녀의 친구들이 도착하면 모두 다 함께
저 맛있는 케이크를 맛볼 수 있겠지요?

그녀는 너무너무 기쁘고 행복해서 까치발을 하고 선 채
테이블 위의 초코볼 케이크를 바라보고 또 바라봅니다.

---

8 어릴 때 엄마가 만들어 주셨던 맛있고 근사하고 멋진 간식들에 설레고 신나던 기억들은 많은 시간이 흘렀어도 잊히지가 않는다.
특별할 것 없는 작은 것에도 행복하고 설레던 마음들이 돌처럼 무뎌진 어른이 되어 버린 지금…
내게 행복함을 선물해 주었던 엄마의 간식들이 많이 그립다.

09

어떡하지?

한 작은 왕국에
'어떡하지?'를 입에 달고 사는
늑대 왕자가 살았습니다.

그는 두 가지 중 하나를 선택하는 일을
몹시 힘들어해서 항상 누군가의 도움을 받고서야
겨우 결정을 내릴 수 있었습니다.

그러던 어느 날,
늑대 왕자가 결혼을 위해
신부를 선택해야 하는 날이 다가왔습니다.

외모가 화려하고 아름답지만 지혜라곤 없는 공주님과
현명하고 마음이 따뜻하지만 결코 아름답지 못한 공주님.

늑대 왕자는 두 명의 공주를 두고
또 외쳐 대기 시작했습니다.

"아! 어떡하지? 어떡하지?
누굴 골라야 하지?
누구와 결혼해야 하지?
어떡하지? 어떡하지?"

그러나 이번에는 어느 누구도
그에게 아무 도움을 줄 수 없었답니다.

9 이 세상에 아름답고 착하고 지혜롭고 현명하며 배려심도 많고 온화한데다
사랑이 넘치는 완벽한 공주님은 결코 없다.
사랑은 완성체가 아니다.
그것을 선택하고 만들어 가는 것은 오롯이 자신의 몫이며 자신의 책임이 따른다.

10

기도

옛날 옛날 어느 왕국에
아름다운 왕비와 어여쁜 어린 공주가 살고 있었습니다.

그녀들은 서로를 너무도 사랑해서
하루 종일 함께 시간을 보냈지요.

어린 공주님은 엄마인 왕비가 너무너무 좋아서
매일매일 기도했습니다.

"빨리빨리 자라게 해 주세요.
어서 자라서 엄마처럼 아름답고 멋진 어른이 되고 싶어요."

아름다운 왕비도 사랑스럽고 어린 공주를 보며
매일매일 기도했답니다.

"공주가 귀엽고 어린 내 딸로 제 곁에 좀 더 오래 머무를 수 있도록
시간이 아주 천천히 흐르도록 해 주세요."

10 서로를 너무 사랑해도 각자가 바라는 것은 다른 법이다.

11

노래하는 그녀와 강아지

그녀 이야기

나는 목욕을 하며 늘 큰 소리로 노래를 부릅니다.

하루의 피로를 풀어내며 노래를 부르고 있노라면

기분이 무척 좋아진답니다.

게다가 내가 노래를 하는 데에는 또 다른 이유가 있습니다.

사랑하는 내 강아지가 곁에서

나의 노래를 듣는 것을 매우 좋아하기 때문입니다.

그래서 오늘도 나는 기쁜 마음으로 목욕을 마칠 때까지

나의 강아지에게 열심히 노래를 불러 줄 것입니다.

강아지 이야기

그녀는 언제나 물속에 들어가면 나올 때까지

고래고래 큰 소리로 노래를 합니다.

그녀는 매우 심한 음치라서 노래를 듣고 있기가 가끔 힘이 들지요.

하지만 그녀는 노래를 부르며 행복해하고

내가 곁에 있어 주는 것을 매우 좋아한답니다.

그래서 나는 오늘도 내가 사랑하는 그녀가

노래를 마칠 때까지 묵묵히 곁을 지킵니다.

11 - 내 기분을 누구보다도 잘 알아주는 사랑하는 나의 까뮈에게 -

12

늑대들과 그녀의 피크닉

어느 화창한 봄날 어린 늑대, 젊은 늑대, 나이든 늑대가
그녀와 함께 소풍을 갔습니다.

늑대들은 모두모두 그녀를 매우 사랑하고 아껴서
즐거운 일이나 슬픈 일, 마음속 아픈 이야기들까지
그녀와 나누기를 좋아했습니다.

그녀는 따뜻하고 깊은 마음을 갖고 있었고
늘 늑대들의 이야기를 진심으로 들어 주었답니다.
그래서 늑대들은 정말 행복했습니다.
그녀가 항상 그들의 멘토가 되어 주었으니까요.

그녀는 늑대들보다 더 행복했습니다.
그들은 그녀에게 의지 하는 반면 큰 힘이 되어 주었으며
그녀의 작은 도움에도 항상 기뻐했기 때문입니다.

즐거운 소풍날,
오늘도 늑대들과 그녀의 행복한 수다는 멈출 줄을 모릅니다.

12 남자와 여자는 결코 친구가 될 수 없다는 말이 있다. 그것은 틀린 말이다. 남자와 여자가 때로는 더없이 진솔하고 격의 없는 친구가 될 수 있다. 물론 하늘의 별 따기만큼 어려운 일이지만….

13

나르시시즘

자만심을 자존감이라 착각하며 살고 있는
한 여자가 있었습니다.

그녀는 자신의 외모와 삶이 너무나도 완벽하다고 생각해서
늘 그것에 대한 자부심을 대단한 자랑거리로 여겼습니다.

하지만 그것이 너무 강해서 자신과 다른 생각을 가진 이들을
무시하고 비아냥거리기 일쑤였고
그녀가 제시한 것들에 귀 기울이지 않는 이들은
이상한 이들로 치부해 버렸습니다.

그러자 사람들은 그런 그녀에게 더 이상 마음을 열지 않게 되었고
불편한 자랑과 이기적인 지적만이 가득한 대화를 나누는 것이 버거워져
그녀를 피하기 시작했지요.

그러는 동안 그녀는 스스로만
그 사실을 모르는 외톨이가 되어 버렸습니다.

하지만 스스로를 너무나 대단한 존재라고 여기는 그녀는
멀어져 버린 사람들에게 코웃음을 치며 또다시 독설을 내뱉었습니다.

"흥! 나처럼 좋은 사람을 몰라보다니!
내가 조언을 해 주는 것에 고마워할 줄도 모르고…
아! 모두 나를 너무 질투하나 봐."

---

13 나르시시즘의 가장 큰 단점은 바로 이기적인 착각이다.
스스로가 너무나 완벽하다고 여기는 것은 자유이다.
스스로를 너무 사랑하는 것 또한 자유이다.
그러나 도가 지나쳐 그것이 오만함으로 변질되면 가까운 사람마저도 마음의 벽을 높이 쌓고 만다.

14

조용한 점심

늑대 왕과 왕비가 마주 앉아 점심을 먹습니다.

둘이 함께 먹는 점심이지만
각자가 좋아하는 음식에 집중하고 있을 뿐
그들의 식탁은 조용하기만 합니다.

늑대 왕은 세상에서 제일 좋아하는 고기를
게걸스럽게 우걱우걱 뜯으며 무아지경에 빠져 있고

왕비는 채소와 과일 샐러드를
조각조각 잘라 입에 넣으며 칼로리를 계산하느라
신경질적으로 씹고만 있습니다.

무신경한 왕과 예민한 왕비의 조용한 식사 시간…

그들에게 필요한 것은 과연 무엇일까요?

---

14 오래된 익숙함이 때로는 다정하고 작은 배려심마저도 잊게 만드는 경우가 있다. 어쩌면 우리는 그 사실조차도 인식하지 못한 채 살고 있는지도 모른다.

15

그곳에 가면

그곳에 가면 그녀는 늘 그를 떠올립니다.

섬세하고 따뜻하며 다정했던 그는
이제 그녀의 곁에 없지만
그곳에 가면 왠지 그와 함께 있는 기분이 들어서
그녀는 그곳을 좋아합니다.

그를 더 이상 만날 수 없음에 가슴이 먹먹해지지만
그와 함께 나누었던 추억들은 이내
그녀를 살짝 웃음 짓게 만듭니다.

숲을 일렁이는 바람의 노래와 흩날리는 바다 내음으로
그녀의 마음에 서글픔과 아련함이 파도처럼 밀려들지만,
그녀의 곁이 아니더라도 그가 행복하기를
그녀는 간절히 소망합니다.

언젠가는 그곳에서 우연히라도 그와 마주칠 수 있을까요?
그리고 그리움이 묻어나는 짧은 인사도 건넬 수 있을까요?

그곳에 가면 그가 떠오르는 것인지,
그를 떠올리려 그곳에 가는 것인지 알 수 없지만
아마도 오랫동안 그녀는 그곳을 찾을 것입니다.

그곳에 가면…
그녀는 늘 그가 떠오릅니다.

15 누구나 살아가며 마음으로 그리는 이가 한두 명은 있게 마련이다.
그리고 그와 동반된 기억이 어떤 장소에 닿으면 짙어지는 경우가 있다.
그것이 아름다운 것이든 혹은 아픈 것이든 시간이 지나면 지날수록
문득문득 떠오르는 추억들은 분명 가슴이 먹먹한 그리움일 것이다.
우리는 늘 그렇게 그곳에서 누군가를 추억하며 산다.

16

슈즈홀릭 신데렐라

왕자와 결혼한 신데렐라는 드디어 왕세자비가 되었습니다.

못된 계모와 언니들 때문에
갖고 싶었던 것들을 전혀 가질 수 없었던 그녀.

하지만 유리구두 덕분에 인생 역전에 성공한 그녀는
이제 원하는 모든 것을 누릴 수 있게 되었습니다.

그러나…
그 유리구두로 인해 그녀는 유독 구두에만 집착하기 시작했고
급기야 온 나라의 장인들에게 자신만을 위한 구두를 만들 것을 요구했습니다.

그녀는 구두로 꽉 찬 호화스러운 방에 앉아
하루 종일 구두만 바라보며 매일매일 새로운 구두를 기다렸답니다.

신데렐라는 왕자와 결혼한 걸까요?
아니면 구두와 결혼한 걸까요?

16 원하던 모든 것을 쉽게, 한꺼번에 얻고 소중한 것은 어렵게 잃어버리는 이들이 있다. 놀라운 것은 정작 본인은 잃어버린 것이 무엇인지를 모른다는 점이다.

17

그녀의 늑대씨

그녀의 늑대씨는 무뚝뚝합니다.
잘생기지도 않았습니다.
게다가 뚱뚱합니다.

그러나 그녀의 늑대씨는 섬세합니다.
조용한 배려심을 가지고 있습니다.
무엇보다도 착합니다.

그녀는 매일 아침마다
늑대씨가 내려 주는 커피를 마시는 것을 좋아합니다.

늑대씨는 투박한 손으로 늘
아무 말 없이 묵묵히 커피를 만들지만
그가 그녀를 위해 만든 커피에는
따뜻한 사랑과 정성이 가득 깃들어 있습니다.

그래서 그녀는 무뚝뚝하고 잘생기지도 않고 뚱뚱하며 투박해도
늑대씨가 만들어 준 그 커피가 세상에서 제일 맛있습니다.

17 영화나 드라마에 나오는 완벽하게 멋진 남자들은 세상에 존재하지 않는다.
하지만 지금 그녀들의 곁을 지키는 부족함투성이라 생각되는 늑대씨들이 곧 최고의 남자일 것이다.
단, 그것을 인정하기까지는 아주 오랜 시간이 걸린다.

18

잠자는 숲 속의 공주는 누구를 기다린 것일까?

마녀의 마법으로 100년 동안 잠이 들었던 공주님!

어느 날 한 왕자님이 잠든 그녀에게 키스를 하는 순간,
그녀가 살포시 잠에서 깨어났습니다.

그런데 곁눈질로 왕자님을 본 그녀,
왠지 그의 외모가 마음에 들지 않았습니다.
그래서 계속 잠이 든 척해 버렸고
왕자는 매우 실망하며 그녀의 곁을 떠나 버렸습니다.

그 후로 많은 왕자님들이 그녀에게 키스를 건네고
그녀가 깨어나길 바랐지만
공주님은 슬쩍슬쩍 실눈을 뜨고 그들을 살피면서
자신의 마음에 드는 왕자가 나타날 때까지
계속 잠든 척 누워 있었습니다.

그렇게 오랜 시간이 흐르고 흘러 왕자님들 사이에
잠자는 공주님은 절대로 깨울 수 없다는
소문이 퍼지고 말았답니다.
그래서 왕자님들의 발길이 뚝 끊겼지요.

마법에서 깨어난 순간부터 늙기 시작한 공주님은
아무도 오지 않으면 어쩌나
그제야 슬슬 걱정이 되기 시작했습니다.

그러던 어느 날 근처를 지나던 늑대 왕이
잠든 척 누워 있는 그녀를 발견하고 가까이 다가갔습니다.

마음이 급했던 공주는
이번이 마지막 기회임을 직감하고 그를 살피지도 않은 채
슬그머니 기지개를 켜며 깨어난 척했습니다.

그러나 눈앞의 북슬북슬 털투성이의
늑대 왕을 본 그녀는 너무 놀라 팔을 휘저으며
큰소리로 비명을 질러대기 시작했습니다.

“아니야!!! 당신은 절대로 안 돼!!!”

그 꼴을 본 늑대 왕이 어이없다는 듯이 웃으며 말했습니다.

"어허! 이보시오, 공주님!

나는 이미 사랑하는 아내가 있다오.

미안하지만 나는 당신을 깨울 생각이 추호도 없었소!

도대체 왜 일어난 게요?"

---

18 무엇이든 적당한 때가 있다.
너무 욕심을 내면 그것은 결국 아무것도 아닌 것이 되어 버리고 만다.
우리는 그렇게 많은 기회를 놓치며 산다.

2011.3.30.

19

토닥토닥

곧 울음이 터질 것 같은 얼굴로 그녀가 찾아왔습니다.

복슬복슬 커다란 곰은 그런 그녀를 가만히 꼬옥 안아 주었습니다.
그리고 토닥토닥 부드럽게 그녀를 다독입니다.

그녀도 커다란 곰도 오랫동안 아무런 말을 하지 않았지만
서로의 마음을 잘 알고 있었습니다.

그렇게 한참을 안겨 있던 그녀의 표정이 점차 온화해지자,
커다란 곰의 얼굴에 비로소 옅은 미소가 번집니다.

어느 날… 갑자기… 언제든지…

그녀가 찾아와도
복슬복슬 커다란 곰은
늘 그렇게 말없이
그녀를 꼬옥 안아 줄 것입니다.

19 내가 사랑하는 이들의 곁에도 그리고 내 곁에도
진심으로 위로를 건넬 줄 아는 토닥토닥 곰이 있었으면 좋겠다.

20

문득 네 생각이 났어

그녀에게 오늘 꽃 한 다발이 도착했습니다.

그녀는 그 꽃을 보자마자
그것을 보낸 사람이 누구인지를 곧 알 수 있었습니다.

싱그럽고 아름다운 꽃다발 사이에서 발견한 카드는
그녀를 한참 동안 소리 죽여 울게 만들었습니다.

'문득… 네 생각이 났어.'

그녀는 품 안에 한 아름 그 꽃을 안고
그의 손길과 그의 목소리와 그의 얼굴과 그의 다정함을 떠올리며
애써 그리운 마음을 달래고 또 달래 봅니다.

마음은 공기 중으로 흩어져 버릴 듯 아팠지만
이내 그녀는 옅은 미소를 지으며 그에게 그가 듣지 못할 인사를 건넸습니다.

"나는… 당신이 씩씩하게 지냈으면 좋겠어요."

20 이루어지지 못한 사랑은 그 애틋함이 오래도록 남아 마음에 치유되지 않을 커다란 구멍을 낸다.
하지만 아이러니하게도 시간이 흐를수록 문득문득 그 사람을 떠올리고
그 사람을 추억할 수 있는 일이 작은 선물처럼 느껴지기도 한다.
그녀는 행복을 찾았을까?
그는 아직도 그녀를 떠올리며 지낼까?

21

천사가 지쳤다

천 년 동안 인간들의 이런저런 소원을 들어주던
천사가 있었습니다.

천상의 여느 천사들보다
인간들을 가엾게 여기고 마냥 사랑하던 그녀가
어느 날 지상으로 내려가지 않겠다고 말했습니다.

전에 없던 일에 놀란 다른 천사가 이유를 묻자,
피곤한 기색이 역력한 그녀가 힘없이 중얼거렸습니다.

"인간들은 만족할 줄을 몰라.
게다가 감사할 줄도 몰라.
끊임없이 매일매일 더 바라기만 해.
나는 그들에게 지쳤어."

21 인간도 인간에게 지치고 실망한다.
하물며 천사는 오죽할까?

22

사랑

늘 사랑에 빠지는 그녀.

사랑이 다가온 순간 그녀는
세상에서 가장 행복한 여자가 됩니다.

하지만 그 사랑이 떠나면 빈자리를 견디지 못해
그녀는 서둘러 또 다른 사랑을 찾아 허우적거립니다.

그렇게 사랑의 깊이보다는
빠진 순간의 행복함만을 간절히 원하는 그녀.

그녀가 사랑이라 믿고 있는 그것은
과연 사랑일까요? 아닐까요?

---

22 사랑이 그리운 것인지 그저 사람이 그리운 것인지 모르겠다고
넋두리처럼 말하던 그녀가 떠오른다.
아직도 사랑을 찾아 헤맨다는 그녀에게 곧 깊은 사랑이 찾아오기를 바란다.
그래서 그녀가 느낀 진정한 사랑이 어떤 것인지 내게 말해 주었으면 좋겠다.

Part 2

Like a dream

01

나의 하얀 말

나의 하얀 말은
눈부신 피부결과 부드럽고 단단한 등
그리고 근사하고 멋진 붉은 갈기와 길고 풍성한 꼬리,
깊고 그윽한 눈을 가지고 있습니다.

나의 하얀 말은 언제나 나와 함께
잔잔한 바다 위를 소용돌이치는 폭풍우 속을
깊은 숲 속 고요한 길을 끝없이 펼쳐진 밤하늘을
묵묵히 달려가 줍니다.

기쁜 날도 슬픈 날도 힘든 날도 벅찬 날도
나의 하얀 말은 늘 나와 함께입니다.

그래서 나는 세상이 두렵지 않습니다.
그래서 나는 용기를 잃지 않습니다.

나는 혼자가 아니기 때문입니다.

1 소중함으로 함께하는 이 세상 모든 이들을 위하여…!

02

어느 멋진 날

눈부시게 투명하고 바람 좋은
어느 멋진 날.

낡고 오래된 클래식카를 타고
여배우처럼 잔뜩 멋을 낸 그녀가
긴 스카프를 휘날리며 신나게 달립니다.

너무 마음에 들어 아끼던 음악의 볼륨을 높여
큰 소리로 따라 불러도 보고
바람결에 손을 맡긴 채 환호성도 질러 봅니다.

결코 거창하지도 화려하지도 않지만
그녀에게 주어진 어느 멋진 날.

그녀는 이 순간 그녀를 둘러싼 모든 것들에게서
완벽하게 자유로워짐을 온몸으로 느끼는 중입니다.

그래서 오늘 그녀는 아주 많이 행복합니다.

2 - 단 하루일지라도 아무것도 하지 않고 아무 생각도 하지 않는,
온전히 자신에게 주어진 이기적이고 소박한 일탈을 꿈꾸는 이 세상 모든 그녀들에게 -

03

뜨개질을 하는 그녀

깊고 깊은 어느 고요한 겨울 밤.

마녀는 오늘도 열심히 뜨개질을 합니다.
색색의 고운 털실들이
그녀의 손끝에서 마치 꽃처럼 피어납니다.

그녀는 지금 사랑하는 이들에게 줄
마법의 이불을 만드는 중입니다.

행복함과 즐거움 따뜻함의 가루를 뿌린 실들을 모아
신나는 대바늘로 한 땀 한 땀 이어 나간 이불은
분명 모두를 달콤한 꿈의 세계로 데려다줄 것입니다.

깊고 편안하고 부드러운 잠과
그 속에서 만나게 될 여러 가지 빛깔의 꿈들…
마법의 이불을 덮은 사랑하는 이들의 행복한 얼굴을 떠올리자
마녀의 손놀림이 더욱더 바빠집니다.

차가운 겨울밤은 그렇게 부지런히 깊어 가고
마녀의 거실엔 폭신폭신한 온기가 가득합니다.

3 뜨개질은 따뜻하고 포근하고 말랑말랑한 기억들과 함께 엄마의 모습을 떠올리게 한다.
- 어릴 적 늘 예쁜 스웨터와 장갑과 목도리를 떠 주셨던 우리 엄마께 사랑을 담아 -

04

여왕님이 또 잠들었어요

여왕님은 오늘도 의자에 앉자마자 잠이 들었습니다.

세상을 발치에 두고 왕의 지극한 사랑을 받으며
온갖 것들을 누리는 그녀를 사람들은
세상에서 가장 행복한 왕비라 여겼습니다.

그녀가 사람들에게 보여 주는 삶은 모두의 부러움을 샀습니다.
그러나 그녀가 넘쳐나는 과시욕으로 끝없이 자신을 혹사시키느라
늘 피곤하다는 것을 아는 이는 없었답니다.

그녀는 새벽부터 늦은 밤까지 자신을 포장할
근사해 보이는 욕심을 채우느라 잠을 자지 않았습니다.

결국 그 욕심이 비대해져 극에 달하자
그녀에게 이상한 버릇이 생기고 말았지요.

그녀는 걸으면서도 졸았고 먹다가도 잠이 들었으며
대화 도중에도 코를 골거나 앉기만 하면 기절하듯 곯아떨어졌습니다.

사람들은 그런 그녀가 병이 난 게 틀림없다고 수근거렸지만
그녀는 애써 못 들은 척 그들을 외면했습니다.

아무 데서나 추하게 잠드는 자신보다
보여 주는 삶을 사는 것이 그녀에게 훨씬 중요했기 때문입니다.

여왕님은 도대체 언제쯤이면 욕심을 버리고
제대로 된 편안한 잠을 자게 될까요?

---

4 다른 이에게 보여 주기 위함에 온통 자신을 바치는 사람들이 있다.
그들은 그 행위가 결코 자랑도 아니고 관심을 끌기 위해서도 아니라고 말한다.
완벽하고픈 열정이 많아서 그렇다고 한다.
하지만 지켜보는 이들이 사실을 꿰뚫어 본다는 것은 모른다.

05

별빛을 따는 마녀

별들이 하늘을 가득 수놓은 어느 날 밤.

마음이 어두워진 마녀는
작은 유리병을 빗자루에 매달고 하늘로 날아올랐습니다.

오렌지빛 머리카락을 신나게 휘날리며
그녀는 별빛 조각들을 따서 모으기 시작합니다.

별들이 내는 갖가지 빛들로 유리병 속이 가득 차자,
마녀는 서둘러 집으로 돌아갑니다.

그녀는 돌아가자마자 별빛을 넣은 진한 차를 끓일 생각입니다.

눈부신 빛들로 만든 차는 어두워진 그녀의 마음을 밝게 만들어 주겠지요.

집으로 돌아가는 하늘 위…

빗자루가 속력을 내고 마녀는 살짝 미소를 짓습니다.

5 별빛 조각들을 모아 만든 차를 티백으로 만들어 내 사랑하는 모든 이들에게 골고루 나누어 줄 수 있다면 참 좋겠다.

06

빨간 구두

오랜만에 샤랄라 화사한 원피스를 차려입고
새로 산 반짝반짝 빛나는 빨간 구두를 꺼내 신은
그녀가 조금은 부푼 마음으로 집을 나섭니다.

약속도 없고 특별히 가야 할 곳도 없는
혼자만의 외출길이지만
왠지 새빨간 구두가 그녀를 좋은 곳으로
데려다줄 것 같은 기분이 듭니다.

햇살은 눈부시고 살랑살랑 바람이 기분 좋은 날…
그녀가 빨간 구두를 신고 또각또각 걸어갑니다.

반짝반짝 빨간 구두는 오늘
그녀를 어떤 좋은 곳으로 데려다줄까요?

6 마음에 쏙 드는 새 구두를 신은 날엔 왠지 기분이 은근히 들뜨게 된다.
예쁘고 좋은 구두가 좋은 곳으로 데려다준다는 말…
아마도 그녀들은 그것이 어떤 의미인지 틀림없이 잘 알 것이다.

07

초승달

오늘 밤,
그녀가 사랑하는 초승달이
드디어 하늘에 걸렸습니다.

그녀는 설레는 마음으로 천천히 공을 들여 치장을 하고
아끼는 와인 한 잔과 함께 달과의 조우를 즐깁니다.

그녀의 손톱처럼 곱고 예쁜 달은
오랫동안 자신을 기다려 준 그녀를 위해
따뜻하고 은은한 빛으로 한껏 그녀를 감싸 줍니다.

새벽빛으로 달이 바래질 때까지
그녀는 행복하지만 아쉬운 마음으로
매일매일 만날 수 없어 소중한 초승달에 머무를 것입니다.

그녀는 초승달을 사랑합니다.
초승달도 그녀를 사랑합니다.

7 나도 그녀처럼 초승달을 사랑한다.
왠지 동그랗게 밝은 달보다 훨씬 더 매력적이고 신비스럽기 때문이다.
그 우아한 달 위에 한 번만 걸터앉아 볼 수 있다면 얼마나 좋을까?

08

푸른 빵을 굽는 그녀

깊은 밤…
하늘에 별들이 총총 떠오르면
그녀의 주방이 환해집니다.

그녀는 그녀만이 가진 건강한 행복함으로
늘 맛있는 빵을 구워 냅니다.

오늘은 마법의 가루라도 뿌려낸 듯
아름다운 푸른빛의 빵들이 그녀의 손끝에서 태어났습니다.

따뜻하게 구워 낸 푸른빛의 빵들을
늘 그랬듯이 사랑하는 사람들과 나눌 생각에
그녀는 또 행복해집니다.

그래서일까요?

신기하게도 그녀의 빵들은 언제나
그녀를 꼭 닮은 행복한 표정을 하고 있답니다.

8 - 맛있는 빵들을 마법처럼 구워 내는 우아하고 따뜻한 그녀에게 -

09

그녀의 정원

그녀의 마음속 정원에는 많은 감정들이 살고 있습니다.

행복의 나무와 희망의 꽃들,
기쁨의 줄기와 슬픔의 잎사귀,
분노의 싹들과 미움의 넝쿨이
옹기종기 조화를 이루며 자라고 있지요.

때로는 베어 내기도 하고 가끔씩 뽑아 버리기도 하지만
그녀는 모든 감정들에게 노력과 사랑이란 물을 줍니다.

좋은 감정도 나쁜 감정도
어느 한쪽으로 과하게 치우쳐 자라지 않도록
늘 세심하게 보살핍니다.
그래서 그곳은 언제나 건강함으로 가득 차 있답니다.

다른 이들은 결코 들여다볼 수 없는 곳이지만
자신의 마음을 생기 있게 한결같이 다스릴 줄 아는
그녀는 분명 지혜로운 사람입니다.

9 감정이 메말라서 마음이 사막 같은 사람이 있다.
감정이 요동쳐서 마음이 폭풍 같은 사람도 있다.
감정이 넘쳐나서 마음이 끈적이는 사람도 있다.
내면의 모든 감정들이 조화를 이루기란 매우 어려운 일이지만 아주 가끔씩 그것을 차분하게 훌륭히 조절해 내는 이들을 보곤 한다. 나는 그런 사람이 무척 존경스럽다.

10

왕비님은 늘 멋져요

오늘도 왕비는 하루 종일 거울 앞에서 떠날 줄을 모릅니다.

자신의 얼굴과 자신이 걸친 모든 것이
너무 좋고 너무 아름다워 눈을 뗄 수가 없었기 때문이지요.

그러나 사람들은 그녀를
'정말 최악의 패션 센스를 가진 허영 덩어리' 라고 수군거렸답니다.

그 사실을 꿈에도 모르는 왕비는
오늘도 곁에 선 백작부인에게 물었습니다.

"내 모습 어때요?"

그러자 왕비의 코디네이터인 백작부인이
묘한 웃음을 흘리며 호들갑스럽게 대답했습니다.

"왕비님은 늘 멋져요!"

10 자신에 대해 진심으로 솔직한 이야기를 해 주는 이를 곁에 둔 사람은 드물다.

11

구름 위의 밀크티

마음이 사나워질 대로 사나워져
폭풍우가 휘몰아칠 때면
난 늘 구름 위로 올라가고 싶어진다.

아무 생각도 하지 않고
아무 말도 하지 않고
아무것도 듣지 않고

시끄럽고 요란한 모든 아름다운 풍경들을 발아래에 둔 채
느긋하게 달달하고 따뜻한 밀크티 한 잔만 마실 수 있다면
얼마나 행복할까?

11 여자들은 가끔 마음을 다스릴 조용한 혼자만의 공간을 찾는다.
하지만 그녀들이 간절하게 필요로 하는 맞춤형 공간은
오직 상상 속에만 존재하는 곳일 때가 많다.

12

행복한 발레리나

그녀는 춤을 출 때가 가장 행복합니다.

비록 많이 서툴고 완벽하지는 않지만
동작 하나하나에 최선을 다합니다.

하지만 사람들은 그녀의 외모와 몸매가
발레와는 전혀 어울리지 않는다며
무시하고 비아냥거렸습니다.

그녀 또한 그 사실을 잘 알고 있었습니다.
그래도 개의치 않고 묵묵히 춤을 출 뿐입니다.
사람들의 비아냥은 중요하지 않습니다.

그녀는 알고 있습니다.
만족이란 그녀 스스로의 것임을…
좋아하는 것을 하는 데 있어 완벽한 조건이란 없다는 것을….

그래서 그녀는 늘 행복한 발레리나입니다.

12 사람마다 좋아하는 것들이 다르다. 때문에 각자의 취향에 옳고 그름이란 없다.
하지만 참견하고 평가하고 비판하길 좋아하는 세상은 늘 사람들의 꽁무니를
따라다니며 맞다 아니다 쓴소리를 해댄다.
사랑하는 일에 최선을 다하고 평가의 잣대에 휘둘리지 않는 아름다운 이들에게….

13

영악한 빨간 망토와 어리숙한 늑대

빨간 망토는 알고 있었습니다.
아까부터 할머니 분장을 한 늑대가 자신을 쫓고 있다는 사실을요.

하지만 그녀는 전혀 두렵거나 무섭지 않습니다.
할머니를 구한 뒤 저 늑대를 없애 버릴 계획을 이미 세워 놓았기 때문입니다.

그녀가 차가운 미소를 지으며 중얼거렸습니다.
"흐흐흐, 조금 이따가 만나요. 늑대씨!"

늑대는 전혀 모르고 있었습니다.
빨간 망토가 자신의 존재를 알아챘다는 사실을요.

이미 할머니를 잡아먹었지만 늑대는 또 배가 고픕니다.
그는 할머니인 척 빨간 망토를 속이기 위해 열심히 연기 연습을 하며
그녀 뒤를 따라가고 있는 중입니다.

아!
어서 그녀를 잡아먹고 늘어지게 자고 싶습니다.

늑대는 기대에 찬 음흉한 미소를 지으며 중얼거렸습니다.

"히힛, 고것 참 맛있게 생겼구나. 빨간 망토야!"

13 어린 시절, 내게 빨간 망토는 할머니를 구해낸 순수한 영웅이었고 늑대는 사람을 잡아먹는 그냥 나쁜 놈이었다. 그러나 지금의 나에게 빨간 망토는 참으로 영악한 계집아이이고 늑대는 그저 배부르게 먹고 싶어 하는 어리숙한 바보 같다.
이것은 내게 어떤 의미일까?
그렇다. 나는 순수한 마음이 굳어져 상상 속 이야기들을 현실화하는 데 익숙해져 버린 어른이 되고 만 것이다.
세월이라는 것이 흐르고 흐르고 또 흘러도 마음만은 한결같이 부드럽고 말랑말랑한 그런 사람이 되고 싶었다.
하지만 세상은 늘 단단하고 건조한 마음만을 구워 내도록 요구한다.
그 건조함이 갈라져서 조각나 버리지 않도록 어릴 적 그 투명한 유연함을 내 마음속 작은 방에라도 꼭 넣어 두어야겠다.

14

그녀들의 수다

왕비는 늘 그러하듯 오후의 티타임에
좋아하는 부인들만 초대했습니다.

케이크와 홍차를 나눠 먹으며 화기애애하게 가벼운 담소를 나누던 그녀들.

어느 정도 분위기가 무르익자,
왕비는 본격적으로 자신의 이야기에 열을 올립니다.

그녀는 왕과 공주, 왕자들 그리고 자신에 대한 자랑으로
혼자 신이나 목소리를 한껏 높입니다.

그러나 묵묵히 들으며 적당히 과장된 맞장구를 치던
부인들이 모두 딴생각 중임을 왕비는 전혀 모르고 있습니다.

백작부인은 집에 있는 애완견 생각을…
공작부인은 사냥을 떠난 남편 생각을…
남작부인은 자신의 새 드레스 생각을…
아주 깊이 하고 있는데 말이지요.

그렇게 그렇게

오후의 티타임이 끝나고 부인들이 모두 돌아가자,

왕비는 무척 즐거워하며 혼잣말을 합니다.

"아! 난 정말 행복해!

내 이야기를 진심으로 들어 주는 그녀들이 있어서…."

14 일방적인 대화는 보지도 않으면서 틀어 놓은 텔레비전과 같다.
그저 소음인 것이다.

15

눈 오는 밤, 핑크 코끼리와 함께 걷다

소리 없이 하얀 눈이 소담스레 내리는 밤.

그녀와 핑크 코끼리가 함께 하늘 위를 걷습니다.
모든 이가 잠든 고요하고 또 고요한 시간…
둘은 말없이 사뿐사뿐 왈츠 같은 걸음을 옮깁니다.

핑크 코끼리는 그녀가 곁에 있어 행복했습니다.
그녀 또한 핑크 코끼리가 곁에 있어 매우 행복했습니다.

세상에 오롯이 그들만이 존재하는 것 같은 아름다운 밤…

서로가 곁에 있다는 따뜻함이 주는 행복함으로
그녀와 핑크 코끼리는 그렇게 오랫동안
눈 내리는 밤하늘을 함께 걸었습니다.

15 한없이 다정하고 멋진 로맨티스트이신 나의 아빠…
내가 삶을 보는 눈이 풍부해지고 많은 경험으로 세상을 배울 수 있도록 어릴 적부터 늘 좋은 곳들에서의 멋진 데이트를 선물해 주셨다.
그 기억들은 내게 따뜻한 소중함으로 남아 항상 큰 힘이 되어 주곤 한다.
- 언제나 내게 든든한 핑크 코끼리가 되어 주신 사랑하는 나의 아빠께 -

16

천사와 악마

구름 위에서 천사와 악마가 함께 차를 마십니다.

인간을 사랑하는 천사와 인간을 경멸하는 악마는
인간들 속에 섞여 살아가는 각자의 방식에 대한
이야기를 나누기 시작했습니다.

인간을 대하는 자세에 대해
한 치의 양보도 없는 끝없는 토론을 하던 중
악마가 천사를 비아냥대며 말했습니다.

"인간들을 내게 빠져들어 믿고
허우적거리게 만드는 방법은 아주 간단해.
난 너보다 훨씬 예쁘고 착하게 생겼거든?"

16 그녀들 중에 누가 천사이고 누가 악마일까?
겉모습을 중시하는 비뚤어진 눈들을 갖고 있는 이들이 있다.
그들은 선한 모습의 악마도, 악한 모습의 천사도 있을 수 있다는 사실을 깨닫지 못한다.
악함은 그러한 인간들의 약점을 잘 알고 있는 듯하다.
사람의 마음을 먼저 볼 줄 아는 사람은 지극히 소수만이 존재한다.

17

그녀, 여행을 떠나다

그녀가 드디어 여행을 떠납니다.
이게 얼마 만에 찾아온 자유일까요?

남편과 아이들이 아닌
긴 시간 동안 만나지 못했던 친구들과의 여행이라
그녀는 매우 신이 난 어린아이처럼
들뜬 마음을 감추지 못합니다.

여행 며칠 전부터 차곡차곡 준비를 해 온 그녀…
겨우 2박 3일의 여행인데
왜 이리 가져갈 것들이 많은지 모르겠습니다.

옷들과 화장품들은 물론이고
여행 중 전혀 불편함이 없도록 세심하게
준비를 끝낸 그녀는 매우 행복합니다.

마침내 여행을 떠나는 날 아침.
현관에 서서 남편과 아이들에게 요란한 인사를 건넵니다.

그녀가 없는 동안의 주의 사항을 길게 나열한 뒤 손을 흔들자,
멀뚱히 바라보던 남편이 말했습니다.

"당신… 이사 가?"

17 나는 여행을 떠나기 전 짐 싸기를 매우 좋아한다.
그것들을 하나하나 챙기다 보면 미리 즐거워지기 때문이다.
필요한 것들은 모자라지 않게 준비하고 딱히 필요 없을 것 같은 것들도 꼼꼼히 챙긴다.
그래서 항상 출발 당일 현관에 늘어선 커다란 가방들은 네다섯 개를 넘기고 만다.
내 마음을 그녀들은 알 것이다. 들뜬 기분만큼 여행 가방도 늘어난다는 것을….

18

침대 위에서 아침 먹기

저는 오늘 아침밥을 침대에서 먹고 있어요.

간단하지만 느긋하게 식사를 마치면
빈 그릇들은 그저 옆으로 밀어 놓을 생각이에요.

그리고 다시 누워서 잘 거예요.

일어나고 싶을 때 일어나서
그대로 누워 책도 읽고 음악도 들을 거예요.

그러다가 배가 고파지면 간식도 먹고요.
아, 물론 침대 위에서 말이죠.

오늘 하루는 아무 일도 하지 않은 채
오직 침대 위에서의 시간들을 즐기려고 해요.

왜냐고요?

그동안 너무 지치고 바빴던 저에게

하루 동안의 완벽한 게으름을 선물로 주고 싶었거든요.

---

18 아침을 맞이하면 침대 위에서 하녀가 잘 차려다 준 밥을 먹고 손끝 하나 움직이지 않은 채 귀여운 하품만 하던 동화 속 그 공주님 놀이를 너무 해 보고 싶었던 적이 있었다.
상상만으로는 엄청나게 달콤했으나 현실을 대입하자 내겐 음식을 만들어다 줄 하녀가 없다는 사실이 먼저 떠올랐다.
그리고 또 직면한 사실 한 가지! 아마도 반나절 만에 좀이 쑤셔 침대를 벗어나고 싶어 할 내 자신이었다.
모든 여자들이 한 번 쯤은 꿈꿔 보았을 영화 같은 한 장면! 하지만 현실은 참으로 정직하다.
- 하루 종일 침대 위의 빈둥빈둥 시간들이 절실한 그녀들에게-

19

나 여기에 있어요

나는 늘 그대 곁에 있어요.

그대가 기쁠 때도 슬플 때도
그대가 행복할 때도 불행할 때도
그대가 누군가와 함께일 때도 홀로 외로울 때도

나는 늘 당신 곁에 있답니다.

그대의 또 다른 모습인 나는
당신이 나를 비난하거나 원망하거나 책망할지라도
결코 당신 곁을 떠나지 않을 거예요.

나는 그대가 종종 잊고 살아가는
당신만의 수호천사이니까요.
그러니 나와 함께 나아가요.

그리고 걱정 말아요.
나는 늘 여기에 있어요.

19 나의 수호천사는 바로 내면의 나 자신이 아닐까?
마법처럼 모든 소원을 다 들어주는 수호천사는 세상에 없다.
내 스스로 나를 지켜 낼 때, 외적으로 내적으로 비로소 충만해진다.
오롯이 나를 사랑하고 믿어 주는 것은 다름 아닌 바로 나 자신이다.

20

포틀럭 파티

눈부시게 화창한 어느 날 오후.

서쪽 마녀가 친구들을 초대해 포틀럭 파티를 열었습니다.
그녀의 친구들은 각자 그들만의 솜씨가 묻어나는
맛있는 음식들을 가지고 왔습니다.

서쪽 마녀는 특제 향신료와 감자, 고기, 콩을 듬뿍 넣어
밤새 끓여낸 진한 감칠맛의 스튜를 내놓았고,

빛나는 호수의 요정은 신선한 연어와
상큼한 치커리, 로메인, 바질을 넣어
오리엔탈 소스로 버무린 샐러드를,

푸른 성의 여왕님은 화려한 색감의 달콤한 마카롱과
진한 버터의 풍미가 일품인 예쁜 쿠키들을 구워 왔습니다.

이상한 나라의 토끼는
향이 깊은 얼그레이와 우유의 조화가 훌륭한 따뜻한 밀크티를,

하트 섬의 꼬마 숙녀는
아침에 딴 싱싱한 꿀 한 병과
그녀의 효소를 넣어 구워낸 맛과 질감이 풍부한 빵들을,

구름 위의 천사는 그녀의 머리카락 빛과 같은
눈부신 황금색의 상쾌하고 부드러운 천상의 샴페인을,

편백나무 숲의 늑대는 허브버터를 발라
로즈마리와 마늘로 속을 채워 구운
바삭하고 촉촉한 로스트 치킨을 준비해 왔습니다.

그렇게 아기자기하고 풍성한 식탁이 차려지고
모두들 서로의 음식을 나누며
왁자지껄 맛있는 대화들이 오고갑니다.

사랑하는 친구들을 바라보며 행복해하던 마녀가 외쳤습니다.

"모두 마음껏 드세요!"

---

20 몇 년 전 크리스마스에 지인들과 함께 포틀럭 파티를 한 적이 있었다.
신기하게도 그 많은 사람들이 준비해 온 음식들은 한 가지도 겹치는 것이 없었다.
그들만의 음식…
사람마다 각각의 솜씨와 센스들이 조화를 이루어 내는 것에 놀라고 즐거웠던 기억이 난다.
그래서 포틀럭 파티는 굉장히 매력적이다.

2013. 10. 26

21

그녀는 마법사

사람들은 그녀를 '마법사'라 부릅니다.

이 세상 모든 슬픈 일, 괴로운 일, 고통스러운 일,
버거운 일들까지 그녀와 함께 나누고 나면 이상하게도
마음이 홀가분해지기 때문입니다.

하지만 그녀가 그들의 모든 고민에 대해
마법 같은 해결책을 주는 것은 결코 아닙니다.

단지 진심으로 묵묵히 들어 주고
마음을 다해 위로를 건넬 뿐입니다.
거창한 충고나 경험담을 늘어놓지도 않는답니다.

사람들의 상처를 따뜻하게 어루만지고
그들의 아픈 이야기를 들어 주는 것이
어떤 것인지 그녀는 잘 알고 있습니다.

그들이 스스로 답을 찾을 수 있도록 곁에서 도와주는 것이지요.

사람들이 마법사라 부르지만
정작 마법은 전혀 부릴 줄 모르는 그녀는
그저 그들이 그녀에게 마음을 나누어 주는 것이
고맙고 행복할 따름입니다.

21 잘 들어 주는 사람보다 자신의 말만 떠들어 대는 이들이 더 많은 요즘…
마법사 같은 그녀가 간절해지는 세상이다.

22

꿀처럼 달콤하게

그녀가 행복하게 웃습니다.

드넓게 펼쳐진 푸른 초원 위에 드러누운
그녀의 곁으로 부드러운 바람이 지나고
하늘은 구름 한 점 없이 푸르디푸릅니다.

오늘 그녀는 그녀를 에워싼 일상의 모든 것들과
잠시 안녕을 합니다.

그리고 싱그러운 풀냄새 향기로운 들꽃 내음을
여유롭게 마음속 가득 불어넣습니다.

고요하고 평화로운 공기가 나긋나긋 샘처럼 흐르고
칼날 같던 시간들은 조용히 무뎌지기 시작합니다.

그렇게 하루 종일 풀밭에 드러누워
그녀는 꿀처럼 달콤하게
오롯이 그녀만의 휴식을 즐깁니다.

22 모든 그녀들이 꿈꾸는 휴식의 공간이 있다.
화려한 곳, 심플한 곳, 조용한 곳, 소란스러운 곳,
그곳이 어디든 그녀들이 행복하다 여기면 그곳이 바로 천국!
내게 천국 같은 휴식은 자연 속이다.

23

Good bye Christmas & Happy New Year

"아! 올해도 정말 따뜻하고 즐거운 크리스마스였지?"
그녀가 행복한 듯 말했습니다.

"맞아, 너무 행복한 크리스마스였어."
곰이 빙그레 웃으며 대답했습니다.

크리스마스를 너무나도 사랑하는 그녀와 곰은
늘 12월이 시작되자마자 커다란 트리와 장식들로
집안을 꾸미고 설레는 마음으로 크리스마스를 기다립니다.

올해도 좋은 이들과 함께 멋진 크리스마스를 보내고
산타와 루돌프에게는 맛있는 음식도 선물했지요.
그들의 반짝반짝 빛나는 시간들은 빠르게 흘러
어느덧 12월의 마지막 날 밤이 되었습니다.

아직 크리스마스 장식들로 가득한 따뜻한 벽난로 앞에서
말랑말랑 달콤한 마시멜로우를 구워 먹으며
그녀와 곰이 서로에게 다정한 인사를 건넵니다.

"Good bye Christmas and Happy New Year!
우리의 크리스마스는 또 곧 돌아올 거야!"

---

23 '크리스마스'란 단어는 듣기만 해도 가슴이 설렌다.
그래서 12월 한 달 동안은 왠지 반짝반짝 들뜬 마음으로 보내곤 했었다.
그리고 또 한 해가 시작되면 다가올 크리스마스를 손꼽아 기다렸다.
내게 있어 크리스마스는 아주 어릴 때부터 늘 사랑하는 사람들과 맛있는 음식들과 아기자기한 선물들과 작은 파티가 함께하는 그 무엇보다도 빛나고 기쁘고 즐거운 날이었다.
나이가 들며 화려했던 감정들이 잔잔해지고 12월은 한 해를 마무리해야 하는 아쉬움이 더 큰 달이 되어 버렸지만 그래도 아직 나는 크리스마스가 되면 왠지 모를 설렘으로 가득 찬다.

Part 3

She's story

●●●

01

바람이 분다

그녀는 가만히 멈춰 서서 눈을 감았습니다.

가슴은 터질 듯 두근거리고
기억의 편린들은 그녀의 머릿속에서
눈부시게 흩날립니다.
아무 말을 할 수도 아무것도 들을 수도 없습니다.

그렇게 그녀 곁에 바람이 붑니다.

서글프고… 행복하고…
아련하고… 시리도록 그리운…
도무지 알 수 없는 많은 감정들이 갑자기 그녀를 휘감습니다.

왠지 눈물이 그렁그렁 맺히려 해
애써 들이쉰 숨을 토해 내자 그녀의 가슴이 먹먹해져 옵니다.

바람은 그렇게 시간이 멈춘 듯
그녀를 한참 동안 제자리에 세워 두고 말았습니다.

1 바람은 때로 이유 없이 그녀들의 마음을 휘저어 놓곤 한다.
바람이 분다.
- 내 오랜 친구 S.J에게 -

02

두 여자

여자들로 북적거리는 한낮의 커피숍.

모르는 두 여자가 아까부터 서로를
슬쩍슬쩍 은근히 바라보며 차를 마시고 있습니다.

스무 살의 그녀는 부드러운 라테를 마시는 중입니다.

건너편에 앉은 우아한 그녀에게서 느껴지는 멋진 원숙미와
편안해 보이는 안정감과 여유로움이 왠지 부러워집니다.

'나도 저 나이가 되면 모든 것들이 제자리에서 빛을 발하는 삶을 살게 될까?
지금보다 훨씬 행복해지겠지?'

마흔 살의 그녀는 진한 에스프레소를 마시고 있습니다.

건너편에 앉은 앳된 모습의 그녀에게서 뿜어져 나오는
자유로움과 눈부신 젊음이 자꾸만 부러워집니다.

'내가 다시 저 나이로 돌아간다면 지금까지 놓쳐 버린 많은 것들을 더 열심히 해 볼 수 있을 텐데…. 어리고 젊다는 건 축복이야.'

같은 장소에서 서로를 바라보며 같은 생각을 하던 그녀들…
문득 눈이 마주치자 누가 먼저랄 것도 없이
서로를 향해 살짝 미소를 지어 보입니다.

2 지나간 시간과 다가올 시간들…
우리는 늘 겪어 보지 못한 것과 지나쳐 버린 것에 대해 많은 기대와 아쉬움을 안고 살아간다.
그래서 가끔은 대부분의 여자들에게 나이는 결코 숫자에 불과한 것이 아니다.

03

그녀의 밤은 길다

그녀의 밤은 낮보다 깊고 그녀의 밤은 낮보다 밝습니다.

한낮의 부산스러움들이 잦아들고
짙은 정적이 내려앉은 밤이 찾아오면,
그녀 안의 모든 감성과 생각과 감정들이
어김없이 깨어나 오래도록 그녀의 곁을 지킵니다.

길고 깊은 고요한 밤…

한없이 사랑하고 기다린 오롯이 그녀만의 밤이지만
그녀는 하얗고 선명하게 깨어 있는 순간들이
행복한 것인지 슬픈 것인지 알 수가 없습니다.

결코 그녀의 마음대로 되지 않는 그녀의 마음…
아름답지만 묘하게 치열한 그녀만의 시간….

그녀의 밤은 오늘도 길고 깁니다.

3 때로는 아까워서 때로는 슬퍼서 때로는 복잡해서 때로는 행복해서
때로는 바빠서 때로는 일부러…
수많은 이유들로 수많은 감정들로 깊은 밤 잠들지 못하는 그 시간.
죽을 것 같이 피곤하고 지쳐 있어도 그 시간만큼은 이기적으로
깨어 있고 싶은 그 마음들을, 나는 너무도 잘 안다.

04

목걸이를 한 그녀

그녀가 오랜 시간을 들여 치장을 합니다.

두꺼운 화장을 하고 공들여 머리카락을 손질하고
제일 비싼 옷을 입었지만 무엇인가가 마음에 들지 않습니다.

더욱 돋보이고 싶고 더욱 아름다워 보이고 싶어진 그녀는
화려한 보석들을 모조리 꺼내어 전부 목에 걸어 봅니다.

반짝반짝 빛나는 목걸이들로 눈부신 자신의 모습에
그제야 만족한 그녀…

모든 사람들이 감탄하고 부러워하며
바라봐 줄 것 이란 생각이 들자,
한없이 즐거워져 자꾸만 웃음이 납니다.

---

4 과한 것은 모자란 것보다 못하다.
하지만 늘 과한 것에 목마른 이들은 그것이 최고인 줄 안다.

05

낮잠

그녀는 점점 무거워지는 눈꺼풀과
밀려드는 나른함을 쫓아내려 애를 씁니다.

맛있는 점심을 너무 든든히 먹었나 봅니다.

커피도 마셔야 하고
책도 읽고 싶고
친구에게 전화도 해야 하고
설거지도 해두어야 하는데

몸은 이미 소파와 붙어 버린 듯
점점 노곤해집니다.

화창한 봄날 오후…

해야 할 일들을 미루어 둔 채
그녀가 스르르 달콤한 낮잠에 빠져듭니다.

06

그녀는 교묘한 매력이 있다

그녀는 매우 아름답고 매력적입니다.

누구나 그런 그녀를 좋아했습니다.
하지만 그녀에게 아주 교묘한 매력이 있다는 것을
아는 이는 드물었습니다.

그녀에게는 여자들에게 절대 드러내지 않는
오직 남자들만이 볼 수 있는 매력이 따로 있었지요.

여자와 남자에게 보이는 매력을
각각 따로 지닌 그녀…

여자들은 궁금해졌습니다.
남자들만 볼 수 있다는
그녀의 교묘한 매력은 도대체 어떤 것일까요?

6 이성과 동성에게 발산하는 매력이 확연히 다른 이들을 종종 보곤 한다. 지킬 박사와 하이드 씨가 현실에도 존재한다는 사실이 놀랍다.

07

봄날의 밤 산책

어느 화창한 봄날,
늦은 밤 그녀가 산책을 나섭니다.

어둠이 짙게 드리워져 인적이 드문 밤길,
분홍빛 벚꽃 잎들만이 눈처럼 흩날립니다.

그녀는 달콤한 봄바람을 맞으며 아무 말 없이 걷고 또 걷습니다.

그녀는 지금 이 순간 한 남자의 아내도,
아이들의 엄마도 아닌 오롯이 그녀일 뿐입니다.

눈부신 봄날 밤…

그녀는 행복하게 그녀에게 주어진
그녀만의 시간을 즐기며 한참을 걸었습니다.

아름답고 고요한 밤의 풍경 때문일까요?
아니면 이 잔인한 계절이 주는 묘하디묘한 서글픈 공허함 때문일까요?

그녀는 이유 없이 흘러내린 눈물을 들키고 싶지 않아

얼른 고개 들어 벚꽃나무를 바라봅니다.

봄은…

이렇게 가끔 그녀를 울립니다.

7 내게 있어서 봄은 찬란하지만 늘 마음이 먹먹하게 아픈 계절이다.

08

그녀의 오지랖

그녀는 다른 이를 몰래 엿보고 뒷담화하기 좋아하는
요상한 취미를 가지고 있습니다.

오늘도 이곳저곳 다른 이의 마음을
슬쩍슬쩍 들여다보는 중입니다.
아닌 척 시치미를 떼면서 말이지요.

오지랖이 넓어도 너무 넓은 그녀는
넘쳐나는 호기심으로 열리지 않는 문들까지도
기어이 열어 보고 마는
탁월한 능력을 가지고 있답니다.

이리저리 기웃거리고 참견하고
비교하고 비웃고 배 아파하느라
그녀의 매일매일은 쓸데없이 바쁘기만 합니다.

8 다른 이에게 과하게 쏟아 내는 관심은 스스로를 피곤하게 할 뿐이다.

09

그럼 이건 어때?

"나는 이 사람은 이래서 싫고
저 사람은 저래서 싫고
그 사람은 그래서 싫어! 그래서 너무 짜증이 나!"

입술을 비죽이 내민 친구가
툴툴거리며 말했습니다.

그러자 가만히 듣고 있던 그녀가
온화하게 웃으며 말했습니다.

"그럼 이건 어때?

이 사람은 이래서 좋고
그 사람은 그래서 좋고
저 사람은 저래서 좋다.

그렇게 바꿔서 생각하면
네 마음이 조금은 편안해지지 않을까?"

9 비관적이란 것은 차가운 날카로움으로 무장되어 있는 반면,
긍정이란 것은 따뜻한 부드러움으로 열려 있다.

10

마흔 번째 생일에는

그녀는 마흔 살이 되는 생일날,

비싼 선물도 성대한 파티도 화려한 케이크도 아닌

마흔 개의 알록달록한 풍선을 선물로 받고 싶다고 했습니다.

어린 소녀도 아닌데 왜 하필 풍선이냐고

의아해하는 지인들에게 그녀가 말했습니다.

"마흔 개의 풍선 속에 지나온 나의 모든 꿈과 바람들

그리고 불완전했지만 빛나던 내 어리고 젊은 날들을 담아

자유롭게 놓아 주려고요."

드디어 찾아온 그녀의 생일날,

마흔개의 풍선을 선물로 받은 그녀가

행복한 듯 서글픈 듯 웃습니다.

이제 곧 마흔 개의 알록달록한

빛나는 풍선들은 그녀의 손을 떠나게 되겠지요.

그렇게…

인생에서 가장 깊고 아름다운 시기를 맞이할 준비를 마치자,

그녀가 비로소 활짝 웃습니다.

---

10 여자 나이 마흔… 결코 가벼울 수도 무거울 수도 없는 아주 묘한 숫자!
나이는 그저 숫자에 불과하다는 말로 위안을 삼아 보려 해도 세상이 그녀들에게 요구하는 것은 엄청난 버거움과 무게감이다.
그러나 아주 가끔 소녀처럼 순수하고 귀부인처럼 우아하며 따뜻함과 깊고 곧은 마음을 지닌 정말 멋진 사십대의 그녀들을 만날 때면 나는 나이는 숫자에 불과하다는 말에 공감하곤 한다.

11

백작부인과 공작부인

그녀들은 무척 친한 친구입니다.

하지만 늘 파티에서 만나면 드러나지 않게 묘한 적이 되어 버린답니다.

상대방이 걸친 것들을 살피고 또 살피며
자신과 비교하느라 정작 파티 따위는 안중에도 없지요.

'저 드레스는 도대체 어느 디자이너가 만들었지?
나는 왜 몰랐을까!'

'저 보석은 또 언제 산거야?
아! 내가 더 큰 것을 샀어야 했어.'

그러나 그녀들은 부글부글한 속내를 숨긴 채 호들갑을 떨며
서로를 칭찬하고 치켜세우느라 바쁩니다.

"어머! 드레스 너무 멋진데?
네가 입으니 왕비님보다 예뻐!"

"아! 너의 그 아름다운 귀걸이는

너를 한층 더 빛나게 하는구나!"

11 자신에게 만족하지 못하는 경쟁적인 삶이 마음의 불행을 자초한다는 것을 망각한 그녀들은 아마도 평생 서로를 친구라 부르며 적처럼 살아갈 것이다.

12

그래도 괜찮아

햇살이 눈부신 화창한 어느 날,
오랜만에 긴 산책을 위해
그녀가 들뜬 마음으로 외출 준비를 합니다.

오늘은 꽤 멀리까지 걸어서
좋아하는 찻집에 다녀올 생각입니다.

그런데 어찌 된 일인지
갑자기 몰려든 먹구름과 함께
주룩주룩 비가 쏟아지기 시작했습니다.

부드럽고 따뜻한 햇살을 잔뜩 기대한 그녀는
몹시 안타까운 마음이 들었지만
이내 좋아하는 우산을 펼쳐들고 길을 나섰습니다.

우산 위로 톡톡 떨어지는 빗방울 소리와
내민 손으로 젖어드는 빗물의 감촉이
그녀의 마음을 기분 좋게 적십니다.

차박차박 빗길을 걸으며

얼굴 가득 미소를 머금고 그녀가 말했습니다.

"비가 내리면 어때? 그래도 괜찮아.

이런 날의 산책도 즐거운 걸?"

---

12 살다 보면 생각한 대로 계획한 대로 일이 잘 풀리는 날도 있지만, 부득이하게 그렇지 못한 날들도 있다.
그럴 때마다 실망하며 종일 투덜거리는 이도 있지만, 그 상황을 받아들이고 다른 쪽으로 생각하는 이들도 있다.
그것을 어떻게 받아들이느냐에 따라 한없이 불행해지기도 하고 또는 갑자기 행복해지기도 한다. 내 마음에게 주는 행복은 자신이 만드는 것이다.

13

페르소나

그녀는 아름답고 상냥합니다.

그녀는 매우 친절하며 늘 좋은 말만 해 줍니다.

그녀는 순진하고 착한 사람입니다.

하지만 그녀는 늘 화려한 가면을 쓰고 있습니다.

사람들은 가면 뒤의 그녀 모습이 어떠한지 전혀 알지 못했지만

매력적으로 보이는 겉모습들을 믿고 좋아했습니다.

그러나 가면 뒤의 그녀는

매우 교활하고 이기적이며 치밀하게 계산적인 사람이었습니다.

그녀의 겉모습에 현혹된 사람들은

그 사실을 알 리가 없었지요.

늘 화려한 가면으로 자신을 치장한 채 사람들을 대하는

그녀는 잠자리에 들 때마저도

가면을 쓴 채 잠이 들었습니다.

가면을 쓴 자신의 모습에 자신마저도 너무 익숙해진 나머지
진짜 스스로를 드러내는 것이 어색하고 싫었기 때문입니다.

오롯이 혼자인 순간에도 결코 진실되지 못한 그녀는
오늘도 여전히 화려하고 예쁜 가면을 뒤집어쓴 채 웅크리고 잠을 청합니다.

13 우리는 가식적인 수많은 페르소나를 접하며 살고 있다.
서글픈 것은 그것이 페르소나인지 아닌지 전혀 구분할 수 없는 상황에 직면했을 때이다.

14

그녀는 쇼핑 중

그녀는 멈춰 선 채 멍하니 생각에 잠겼습니다.

두 손 가득
하루 종일 쇼핑한 것들을 잔뜩 들고서 말이지요.

만족을 위한 쇼핑이었지만 그녀는 문득 자신이
전혀 행복해지지 않았다는 사실을 깨달았습니다.

점점 서글퍼져 결국은 무거운 짐들이 되어 버린
종이봉투들을 움켜쥐고 그녀는 고민에 빠졌습니다.

'더 많은 것을 사면
더 좋은 것을 사면
이 기분에서 벗어날 수 있을까?'

그녀는 과연 오늘 행복해질 수 있을까요?

14 아픈 마음은 그 어떤 물질로도 치료할 수 없다.
마음은 마음만이 어루만져 줄 수 있다.

15

빨간 립스틱을 바르다

까닭 없이 서글퍼지고 마음에 폭풍우가 이는
묘하디묘한 날…

그녀는 이런 날이면 실컷 울고 난 뒤
늘 빨간 립스틱을 바릅니다.

선명한 붉은빛으로
이유 없이 변덕을 부리는 마음을
가만히 누르고 또 누릅니다.

오래오래 공들여 바른 덕에
점점 또렷하고 선명하게 차오르는
붉은 입술을 바라보며 그녀가 중얼거립니다.

"이제 괜찮아… 괜찮아질 거야."

15 - 실컷 울고 나서 꼭 빨간 립스틱을 정성스레 바르고 활짝 웃어 보이던 내 오랜 친구 S.R에게 -

16

여왕님의 런치

오늘도 여왕님은 홀로 점심을 먹고 있습니다.

세상의 모든 것을 다 가졌지만
그녀의 곁을 지키는 것은 오로지 낡은 곰 인형뿐입니다.

최고의 요리사가 만든 음식을 앞에 두고도
그녀는 늘 그러하듯이 식욕을 느낄 수가 없습니다.

멀뚱멀뚱 식탁을 바라만 보던 여왕님은 생각했습니다.

'그래! 요리사를 또 바꿔야겠어!'

16 사람다운 사람이 그립고 진심어린 정이 목말라 소통과 힐링을 외쳐대는 세상이지만 엄청난 것들을 누리면서도 사람의 마음을 얻는 것에는 부주의해서 스스로 지독하게 삭막한 외로움에 처한 이들을 종종 보곤 한다.
그 삶의 방식을 옳다 그르다 답을 내릴 수는 없다.
그저 많은 것을 가지고도 진심어린 사람의 마음은 얻지 못함이 안타까울 뿐이다.
인간은 원래 다 가질 수는 없다고 했던가?
이 세상 모든 외로운 여왕들을 위하여 "건배!"

17

그녀는 아름답다

꽃가게의 그녀는 주근깨 가득한 얼굴에
찢어진 눈과 매우 작은 입술을 가지고 있습니다.

결코 아름답지 않은 외모를 가졌지만
그녀의 마음은 그 누구보다도 깊고 순수했습니다.
그녀는 사랑하는 꽃들에게 많은 열정과 애정을 쏟았답니다.

그래서일까요?

그녀가 만지고 키워 내고 다듬고 가꾸는 꽃들은
이 세상 그 무엇과도 비교할 수 없는
아름다운 생명력을 가지고 있었습니다.

그녀는 그저 평범한 종이에 꽃들을
가만히 감싸 내놓기만 했는데,
어떤 이들은 그녀의 꽃이 가진 있는
그대로의 소박함을 좋아하지 않았습니다.
그것이 늘 못마땅했던 누군가
어느 날 그녀에게 비아냥거리며 물었습니다.

"왜 당신은 반짝이는 종이에 멋진 리본으로
근사하게 포장해 주지 않는 거죠?
당신 또한 좀 꾸미는 게 좋지 않을까요?
그러면 이 꽃들을 더 많이 팔 수 있을 텐데요."

그러자 그녀가 수줍게 대답했습니다.

"그 자체만으로도 아름다운데
왜 그것을 굳이 억지로 가려야만 하나요?
제 외모는 꽃들과는 아무 상관이 없고 중요하지도 않아요.
그리고 진심으로 아끼고 원하시는 분들이 가져가 주시는 것이
제게는 가장 큰 행복이에요."

17 마음이 곧고 깊으며 진정한 아름다움에 대해 잘 아는 이가 만지고 만들어 내는 것들에는 소박할지라도 그 따뜻함과 정성이 그대로 깃든다.
그러나 기계가 만든 화려하고 아름답기만 한 값비싼 것들은 딱 그만큼의 눈요기와 만족감을 줄 뿐 감동은 없다.
그 가치를 제대로 아는 사람만이 물건과 그에 깃든 사람의 마음도 함께 보듬을 줄 안다.

18

인형놀이

그녀는 그녀의 아름다운 인형들에게 푹 빠져 있습니다.

매일 화려한 옷들을 입혔다 벗겼다가
머리를 말았다가 풀었다가
근사한 모자도 씌웠다가 리본도 달았다가
갖은 정성을 쏟습니다.

연락이 뜸한 것에 불평을 해대는 친구보다
말없이 자신이 해 주는 대로 가만히 있는 인형을,
그녀는 더 사랑합니다.

쓸데없이 남에게 관심을 주는 것보다
인형이 입을 옷 하나를 만드는 것이 더 중요합니다.

그녀의 인형에게 칭찬을 퍼부어 주는 이들이 좋습니다.
인형에게 칭찬을 해 주지 않는 이들은 싫어졌습니다.

점점 그녀의 곁에서 진심으로
그녀를 아끼던 이들의 마음은 멀어져 갔고,
그녀가 원하는 말만 잔뜩 늘어놓는 이들의
사탕발림만 남고 말았지요.

하지만 그녀는 그 사실에도 아랑곳하지 않고
여전히 그녀만의 인형놀이에 몰두할 뿐입니다.

---

18 도가 지나친 집착과 허세는 늘 소중한 것들을 잃게 만든다.
가장 안타까운 일은 그것으로 인해 잃어버리는 것이 사람일 때이다.

19

조금은 쓸쓸한 날

차갑고 시린 바람 탓일까요?

비를 머금은 회색 하늘 탓일까요?

그녀에게 오늘은 왠지 조금은 쓸쓸한 날입니다.

많은 사람들 속이지만

소란스러운 일상 속이지만

몸보다 먼저 허둥대는 마음이 바쁜 날이지만

휘청휘청 다가오는 쓸쓸함은 걷어내기가 힘이 듭니다.

그래서 그녀는 불쑥 그녀를 찾아온

이 쓸쓸한 불청객을 담담하게 맞이하기로 했습니다.

마음이 아릿하게 서늘해졌지만

진하고 따뜻한 커피 한 잔을 조금씩 목으로 넘기며

그녀가 나지막이 말했습니다.

"부디 내 마음에 너무 오래 머물지는 말아 줘."

19 까닭 없이 쓸쓸함이 물밀듯이 밀려드는 날이 있다.
군중 속의 고독이라 했던가?
마음이 휑하니 비어 버린 것 같은 날…
세상에 나 혼자인 것처럼 외로운 날…
그렁그렁 눈물이 고일 것 같은 날…
한없이 처량하고 서글퍼질 수도 있지만 차분하게 다독일 수도 있다.
그렇게 갑자기 찾아든 쓸쓸함은 무색과 같다.
내 마음을 어떤 색으로 물들일지는 오롯이 자신의 몫이다.

20

태엽 인형

그녀는 오늘도 자신의 태엽을 감아 줄 사람을 기다립니다.

누군가가 그녀에게로 와서
그 사람의 방식으로 그 사람이 원하는 대로
태엽이 돌아갈 때까지 그녀는 움직이지 않습니다.

자신의 생각과 의지만으로도
충분히 움직일 수 있음에도 불구하고
그녀는 결코 그렇게 하지 않습니다.

누군가가 정해 준 태엽의 숫자와 강도만큼
딱 그만큼의 틀 속에서 사는 삶에
너무나 익숙해져 버렸기 때문입니다.

그녀는 멈춰 버린 채 가만히 서서
다른 누군가의 모습이 투영된 방법으로
자신의 태엽이 감아질 때까지
망설이며 기다리고 또 기다립니다.

20 사람은 모두 다르다. 하지만 사람들은 또 모두 같다.
똑같은 화장, 똑같은 머리, 똑같은 얼굴, 똑같은 옷차림, 똑같은 생각, 똑같은 장소,
똑같은 음식, 똑같은 음악, 똑같은 여행…
소위 유명한 누군가가 제시한 그 유명한 방법은 곧 암묵적으로 모두가 따라야 할 정답처럼
인식되며 보이지 않는 틀이 된다.
그 틀 속에 자신을 끼워 넣고 따라가는 것이 너무 당연하고 익숙해져 버린 시대…
인간의 삶에 정답이라는 것은 없다. 사람은 생긴 것도 생각도 삶의 방식도 모두 다르다.
하지만 현실이 요구하는 것은 다름보다는 같음이다. 소위 '남들처럼' 말이다.
그래서 남들과 다른 삶을 살기 때문에 비록 '아웃사이더'라 불릴지라도 그들의 삶은 충분히
빛나고 가치 있는 것이므로 나는 늘 그들을 응원한다.

21

그녀들은 다르다

그녀와 그녀는 다릅니다.

좋아하는 것도 다르고
싫어하는 것도 다르고
삶의 방식도 다르고
자라 온 환경도 다릅니다.

특별하게 사랑하는 것들도 다르고
아끼는 사람도 다르고
잘하는 것도 못하는 것도 다르고
얼굴과 성격과 말투도 다르지요.

하지만 신기하게도 그녀들은 친구입니다.

서로가 달라서 이상할 것은 없습니다.
서로가 달라서 어색할 것도 없습니다.
서로가 달라서 싫을 것도 없습니다.

그녀는 그녀의 있는 그대로를 인정하고

그녀는 그녀의 방식을 배려하기 때문이지요.

모든 것이 다르지만 서로를 존중해 주는

그녀들은 세상에서 가장 친한 친구입니다.

---

21 모든 사람은 다 다르다.
자신과 생각이 비슷한 성향을 가진 이들은 있어도 완벽하게 같은 사람은 없다.
정반대의 성향을 가진 이들끼리도 친한 친구가 되고 부부도 되고 가족이 되기도 하듯이
우리는 나와는 다른 사람들과 어울려 살아갈 줄 안다.
가끔은 서로의 다름이 전혀 이해되지 않거나 그것이 싫어 견딜 수가 없는 상황이 생기기도
하겠지만 자신과 다르다고 해서 상대방이 결코 틀렸거나 잘못된 것은 아니다.
그저 나와는 다른 것뿐이다. 틀림이 아닌 다름은 인정하고 배려하자.
다르기 때문에 세상에는 다양함이라는 것이 존재한다.

22

내려놓다

그녀는 지금 막 그것을 내려놓았습니다.

온전히 감싸 안을 수도, 그렇다고 과감히 내팽개칠 수도 없었던 그것은
늘 그녀의 마음을 조용히 그리고 사납게 어지럽혔습니다.

어찌할 바를 몰라 하면서도 그것을 움켜쥔 채
그녀는 많은 날들을 힘들어했습니다.

그것 또한 그녀의 일부였으므로
그것 또한 그녀의 탓이었으므로
그것 또한 그녀가 사랑했으므로
그것 또한 그녀가 증오했으므로….

그러나 오늘 그녀는 드디어 그것과 힘든 이별을 합니다.

애정과 증오가 함께 공존하던 그 복잡하고 요상한 것을…
수많은 날을 울고 웃게 하던 그것을…
그녀는 어렵지만 담담하게 내려놓았습니다.

깊은 밤 망각의 숲, 깊고 깊은 샘 속에 그녀가 그것을 놓아 버립니다.

두 눈을 감고 힘들게 심호흡을 합니다.

아쉬움과 후련함을 동시에 그녀를 흔들었지만

이제 이미 그것은 그녀의 손을 떠났습니다.

그렇게 그렇게 그녀가 오늘 그것을 놓아 버렸습니다.

22 잊어야 할 것들, 놓아야 할 것들을 고집스럽게 안은 채 살아간다는 것이
스스로를 얼마나 고통스럽게 하는지…
스스로를 얼마나 초라하게 하는지… 스스로를 얼마나 미련스럽게 하는지….
마음에 수많은 상처가 생기고 나서야 깨닫게 되는 이유는 무엇일까?

23

체리맛 아이스크림

그녀는 오늘 무척이나 힘든 하루를 보냈습니다.
머릿속은 뒤죽박죽 실타래처럼 마구 엉키고
몸은 천근만근 무거워 견딜 수가 없습니다.

집으로 돌아가는 길,
그녀는 아이스크림 가게 앞에서 걸음을 멈추었습니다.
잠시 주저하던 그녀가 안으로 들어갔고
잠시 뒤 밖으로 나온 그녀의 손에는
그녀가 좋아하는 체리맛 아이스크림이 들려져 있었습니다.

아름다운 빛깔의 달콤한 아이스크림을 한입 베어 물자
곧 그녀의 얼굴 가득히 부드러운 미소가 번집니다.

마음이 폭신폭신 부드러워진 그녀가 마법처럼 주문을 외워 봅니다.

"그래, 전부 괜찮아질 거야!
내게 힘을 주세요! 체리맛 아이스크림 님!"

23 지치고 힘들 때 먹는 좋아하는 음식이야말로 이 세상 최고의 비타민이다.
그 맛이 주는 위안과 만족감은 그 무엇과도 바꿀 수가 없다.

24

새드 무비

추적추적 비가 내리는 어느 날,
약속 장소에 나타난 그녀는
커다란 선글라스를 끼고 있었습니다.

그 모습을 본 친구들이 물었습니다.

"비 오는 날 웬 선글라스야?"

상기된 얼굴로 그녀가 대답했습니다.

"아! 많이 울어서 얼굴이 엉망이라 그래.
너무 슬픈 영화를 보고 오는 길이거든."

24 가끔 가족이나 친구들에게조차 말하기 힘든 슬픔과 힘듦을 마주하면 혼자 실컷 운다는 그녀의 이야기가 내 마음을 적셔 왔다. 사랑하는 이들에게 내색하기 싫어서… 그것이 오롯이 스스로 해결해야만 하는 것이라서… 자신조차 그 이유를 알 수가 없어서… 다 큰 어른이 홀로 아이처럼 엉엉 운다는 것이 왠지 자신에게조차 부끄러운 현실.
그 눈물의 이유를 가져다 붙일 수 있는 작은 핑계거리가 있다는 것이 서글프지만 참 다행이란 생각이 드는 것은 왜일까? 드러내지 못하는 슬픔들을 비밀처럼 마음에 꼭꼭 숨기고 싶을 때 그 버거운 무게를 눈물로 조금이나마 덜어 주고 싶을 때 나도 그녀처럼 슬픈 영화를 본다.

25

la dolce vita

그녀의 얼굴엔 늘 미소가 어려 있습니다.

언제나 다정한 그녀의 웃음 띤 모습은
보는 이들을 즐겁게 했습니다.

사람들은 그런 그녀의 삶이
매일매일 행복할 거라 생각했지요.
그래서 행복한 미소의 그녀를
부러워하는 이들도 많았답니다.

하지만 그녀의 매일매일도
다른 이들과 다를 바가 없었습니다.

기쁜 날, 슬픈 날, 괴로운 날,
행복한 날, 힘든 날, 평온한 날,
다양한 색의 나날들이 그녀와 함께였으니까요.

단 한 가지…

그녀가 늘 미소를 지을 수 있었던
방법이 하나 있긴 했지요.

그녀는 지치고 우울하고 힘들 때면
마음속으로 조그맣게 주문을 외웠답니다.

'la dolce vita!'

그녀는 자신이 살아가는 삶 자체가
축복이라 생각했습니다.
그래서 작은 일에도 큰일에도 휘몰아치는 감정들에도
온화함을 잃지 않았습니다.

살아 있음에,
살아가는 것에,
살아내는 것에 늘 고마워했습니다.

자신을 사랑하는 법을 잘 알고 있었지요.

그런 그녀의 생각은

그녀의 얼굴에 행복함이 깃든 미소로 고스란히 묻어났고

사람들은 그런 그녀를 사랑했습니다.

그녀는 오늘도 내일도 모레도

마음속으로 늘 되새길 것입니다.

'la dolce vita! 달콤한 인생!'

25 사람들은 항상 저마다 마음으로 무엇인가를 다짐하고 되뇐다.
그 되뇌는 말들이 스스로를 불행하게도 또는 행복하게도 만드는데
이 마법 같은 되뇜은 신기하게도 자신의 얼굴과 말투에 고스란히 묻어난다.

2014.1.12

26

웃어 보아요

자아, 이제 저와 함께 웃어 보아요.

삶이란 것은 너무 개구쟁이라서
기쁜 날과 슬픈 날, 행복한 날과 불행한 날,
마음이 흐린 날도 맑은 날도
혹은 비가 내리는 날들을

제 맘대로 제멋대로 우리에게 던져 주곤 하지요.

그것이 때로는 무척 버겁고 때로는 넘치도록 고맙기도 하지만
이 모든 날들이 분명 우리에게 소중한 것임은 틀림없어요.

삶은 그렇게 늘 우리 곁에서 많은 이야기를 건넨답니다.

나만 그런 것이 아니에요.
나 혼자만 겪어내야 하는 것 또한 아니에요.
모두, 그렇게 살아가고 또 살아내고 있어요.
그러니 작은 용기를 가져 보세요.

그리고 저와 함께 빙그레 웃어 보아요.

26 - 보잘것없는 나를 좋아해 주고 따라 주는 내 사랑하는 이들에게 따뜻한 애정을 담아 -